유황불

어르신 이야기책 _307 긴글

유황불

초판 1쇄 발행일 2018년 3월 9일

지은이 양귀자
그린이 남인희
펴낸이 이원중

펴낸곳 지성사 출판등록일 1993년 12월 9일 등록번호 제10-916호
주소 (03408) 서울시 은평구 진흥로1길 4(역촌동 42-13) 2층
전화 (02) 335-5494 팩스 (02) 335-5496
홈페이지 지성사.한국 | www.jisungsa.co.kr 이메일 jisungsa@hanmail.net

ISBN 978-89-7889-375-6 (04810)
978-89-7889-349-7 (세트)

잘못된 책은 바꾸어 드립니다. 책값은 뒤표지에 있습니다.

이 도서의 국립중앙도서관 출판예정도서목록(CIP)은 서지정보유통지원시스템 홈페이지 (http://seoji.nl.go.kr)와 국가자료공동목록시스템(http://www.nl.go.kr/kolisnet)에서 이용하실 수 있습니다. (CIP제어번호: CIP2018006016)

어르신 이야기책 _307 긴글

유황불

양귀자 글 · 남인희 그림

지성사

잠에서 깼을 때는 이미 밝은 기운이 곳곳에서 솟아버린 늦은 시각이었다.

너무 늦잠을 잤기 때문일까.

주위는 거짓말처럼 조용했고 부엌 쪽에서만 가끔 그릇 부딪치는 소리가 들려왔다.

나는 깜짝 놀라서 거의 울상을 짓고 자리에서 일어났다.

어느새 말짱 이불도 개켜져 장롱 속에 넣어진 듯
방 안은 깨끗했다. 무엇을 더 확인할 필요가 없었다.
햇살은 깊숙이 들어와 창호지를 적셔놓았고,
새롭게 정수리에 부어지던 신선한 기운도 녹아 없어져
닳아빠진 공기만 남아 있었다.

나는 황급히 책가방을 어깨에 메고 신발주머니를
집어 들고 와르륵 마루의 밀창문을 열어젖혔다.
그리곤 여기저기 나동그라져 있는 운동화짝을
짝짝이로 꿰어 차곤 대문까지 달려갔다.

그때 나는 집 앞의 기린봉 위에 걸려 붉게 물들어
있는 해를 보았다.
이상했다.

저것은 매일 아침 볼 수 있는, 노란빛의 깨끗한 빛살을 겹겹이 두르고 있던 눈부신 해가 아니었다. 그것은 쇠잔해질 대로 쇠잔해진, 그러나 타오르는 빛깔만큼은 선명하기 그지없는 붉은 덩어리였다.

"어딜 가니?"

우물가로 물을 버리러 나왔던 엄마가 내 뒤꼭지에 대고 소리쳤다.

"늦었단 말이야. 깨우지도 않고……."

금방이라도 울어버리고 말듯 퉁퉁 부어 있는 내 얼굴을 어머니는 멍하니 지켜보았다.

그리고 이내 기적과 바퀴 소리로 온 동네를 뒤흔들고 마는
여수행 특급이 가쁜 숨을 몰아쉬며 지나갔다.
저 기차는 다섯 시 사십 분에 역에서 출발한다는 것을
나는 알고 있었다.

다시 기린봉을 보았다. 붉은 덩어리 주변으로
솜사탕처럼 퍼져가고 있는 낙조, 서쪽 산기슭의
밑자락에 어둔 그림자가 괴어 있었다.

저 산자락에 피어 있는 진달래를 보면서 철로변의
나물을 캔 것이 바로 오늘 낮의 일이었다는 사실을
깨달은 것은 그때였다.
나는 신발주머니를 내던지고 으앙 노을을 향해
울음을 터뜨렸다.

어머니는 두레박을 우물 속에다 던지며 웃었다.

봄날은 길었다. 국민학교 이 학년이었던 나는 언제나
오전 수업으로 학교를 파했다.
따사로운 볕살을 쬐며 공터에서 공기 줍기를 하다가
지루해진 은자와 나는 철길 둑에 푸지게 솟아난
어린 쑥들을 캤다.

기차에서 빠져나온 여러 가지 오물들을 먹어서인지
그곳엔 유독히 쑥이며 냉이가 많았다.

은자는 때때로 기다란 못을 레일 위에 얹어놓고
기차가 지나가길 기다렸다. 기차 꼬리가 우리 곁으로
스쳐 지나가기가 무섭게 은자는 냉큼 달려갔다.

못은 어김없이 납작하게 눌려 있고, 은자는 달구어진
못의 뜨거운 열기를 손바닥 안에서 즐겼다.
그 애가 만들어준 납작못으로 나는 냉이의 뿌리를
파헤쳤다.

멀리 보이는 기린봉의 진달래는 더없이 고왔다.
하지만 역의 저탄장에서 날아온 시커먼 석탄가루를
뒤집어쓰고 있는 냉이의 들쑥날쑥한 이파리는
그다지 곱지 못했다.

어머니는 내가 캐온 봄나물을 모두 쓰레기통에
집어넣었다. 똥만 먹고 자라난 거야. 똥오줌 떨어지는
것을 받아먹고 사란 나물을 어씨 먹니.

"은자네는 먹는다는데?"

내 말에 어머니는 단박 이맛살을 찌푸렸다.
어머니는 은자네 식구들 모두를 마귀라고 불렀다.

교회를 다니는 어머니에게 있어서 사람들은
형제거나 마귀, 이 두 종류 이외엔 없었다.
손버릇이 나쁘다고 소문난 은자를 오빠들은 그래서
새끼 마귀라고 놀려댔다.

나는 어머니가 똥오줌 먹은 더러운 나물이어서가 아니라,
새끼 마귀와 함께 어울려 캐온 나물이어서 쓰레기통에
버린 것이라고 생각했다.

먹을 수 있는 것을 버리다니,

나는 화가 나서 운동화짝을 거칠게 벗어 던지곤

방으로 들어가 낮잠을 자버렸다.

은자네는 철길에 딱 붙어서 찐빵 가게를 열고 있었다.

찐빵이나 만두, 국수 같은 것을 파는 그 애네 가게는

북향이어서 늘 어둡고 추적추적한 습기에 젖어 있었다.

밀가루를 반죽해서 만두나 찐빵을 만드는 일은 대개

그 애네 아버지가 했다.

중학교를 졸업한 뒤 장사를 거드는 은자 언니가

만두를 나르거나 엽차 잔에 물을 따라주었다.

국수 만두
찐빵

그 애의 엄마는 노상 입에 담배를 물고 의자에 앉아
늙은 고양이처럼 졸고 있었다.
은자의 말에 의하면 밤마다 되풀이되는
아버지의 술주정 때문에 고단해서 그러는 것이라 했다.

그 집의 단골은 주로 철길 건너에 있는
남자 중고등학교의 까까머리 남학생들이었다.
한창 때의 남학생들은 맛이 있건 없건 우적우적
잘도 먹었고, 그래서 그 집 찐빵 맛은 도통 젬병이었다.

어머니는 아예 은자네 빵은 손도 못 대게 했다.
술로 범벅이 되어 시궁창에서 뒹굴다 나온 옷으로,
다음 날이면 밀가루 반죽을 한답시고 주물럭거리다
머릿속을 박박 긁어대는 그 애의 아버지 때문이었다.

하기야 은자엄마도 특별히 다를 것은 없었다.
가게 유리창엔 흙먼지가 사계절 내내 요란한 무늬를
그렸고, 가게 뒤에 붙은 살림채는 철길 쪽으로 부엌이
나 있는데 열려진 쪽문으로 들여다보면 치우지 않은
밥상에 온종일 파리 떼가 진을 치고 있었다.

은자를 생각하면 언제나 먼저 만화가 떠오른다.
내가 만화에 맛을 들인 까닭을 설명하자면
어차피 철길 옆의 집으로 이사를 오던 때부터로
기억을 더듬어야 했다.

남으로 내려가거나, 반대로 북쪽을 향해 올라가는 기차들이
하루에도 수십 차례씩 지축을 뒤흔들며 지나가는 철로변의
집으로 이사를 온 것은 내가 국민학교에 갓 입학한 뒤였다.

느닷없이 단행한 이사였고, 비로소 형편이 조금 나아져
제법 큰 집을 갖게 된 까닭으로 어머니는 경황이 없었다.

그래서 내 전학 수속은 차일피일 미루어졌고
나는 어머니가 일러준 대로 철길을 따라 아침마다 혼자
길을 걸었다.

철길만 따라 주욱 걷다가, 그 목욕탕이 보이는
건널목에서…… 알지? 기차가 오면 얼른 아래로 내려가
납작 엎드려야 해. 알았지? 할 수 있지?
넌 이제 어린애가 아냐.

나는 식구들의 조롱을 받지 않으려고 안간힘을 쓰며
등굣길에 올랐다.

이사하기 전에는 매번 어머니의 손을 잡고,
가슴에는 흰 손수건을 길게 접어 핀으로 꽂고
학교엘 갔다. 만 여섯 살이 취학 연령이었지만
나는 만 여섯 살이 되려면 다섯 달을 더 기다려야 했다.

그러나 어머니는 별로 힘들이지 않고 나를 국민학교에
집어넣었다.

오빠들도 그렇게 했지만 공부를 잘하여 모두 일류
중학교에 척척 붙었다는 자신감이 어머니에게는 있었다.
다만 걱정되는 것은 나의 그 흔해빠지고 질긴,
그러면서도 번번이 철철 넘치는 눈물을 만들어내는
울음보였다.

어머니는 교실 안에 나를 밀어넣으면서 나지막하게
당부하는 것도 잊지 않았다. 울면 안 돼.

어머니는 교실 밖에서 나를 지켰고 나는 가끔 가다
겁에 질린 시선으로 어머니의 눈길을 붙잡으려고
애썼다.

어머니는 참빗으로 매끈하게 빗어 넘긴 쪽머리를
교실 쪽으로 향하고 밖을 보다가 이내 내 눈길을 알아채고
고개를 돌렸다.

햇빛을 받아 치약처럼 희게 보이던 은비녀의 광택은
한순간 내 눈을 부시게 했지만 어머니는 거기에 있었다.

하지만 새 집으로 이사 온 뒤 상황은 달라졌다.
나는 이제 어린애가 아니었다.

세월의 때로 녹이 슬어 불그죽죽해진 침목을 하나하나 세어가면서, 나 모르게 속력을 내고 있는 하행선 열차가 따라오고 있지나 않은지 살펴가며, 끝도 없이 길게 누워 있는 두 줄의 레일을 따라 걷는 등굣길은
내가 최초로 만난 자립의 길이었고 그래서 더욱 공포의 길이었다.

교문을 나서면 뜀박질로 단숨에 뛰어갈 거리에 집을 두고 있지 않은 나는 그동안 애써 가라앉혔던 눈물샘을 다시 왕성하게 일구었다.

치약처럼 희게 빛나던 어머니의 은비녀를 보려면

침목을 수천 개씩 밟아서 가야 했고 그 거리만큼의

약점을 짊어진 나는 걸핏하면 울었다.

지우개를 빼앗기고 울었으며 뒷자리 애가 잡아당기는

머리칼 때문에 울었다.

열흘쯤 지나 새 학교로 전학을 한 뒤에도 별로 달라진

것은 없었다. 다만 혼자 숨어서 울어야 했다는 것 외엔.

지우개를 빼앗아가는 아이도 없었고

머리칼을 잡아당기는 아이도 없었다.

일 학년 일 학기를 거의 마칠 무렵이었던 아이들은

벌써 자기들끼리 똘똘 뭉쳐 있었다.

머리칼이라도 잡아당겨주었더라면.

이유도 없이 무조건 울 수는 없었다.

울 기회도 주지 않는 새 학교 역시 나는 싫었다.

공부에 취미가 붙으면 학교생활이 재밌어질 것이라는

큰오빠의 의견에 따라 새 집에 이사 온 뒤

나는 꼼짝도 못하고 밤낮으로 글자를 깨우치고 읽기를

배웠다.

낮에는 주로 어머니가, 밤에는 오빠들이 맹렬하게

공부를 강요한 결과 이 학기에 올라가기도 전에

나는 이미 지성적인, 혹은 인간의 본질 따위의 말까지도

익혔다. 다섯이나 되는 오빠들이 중구난방으로

학습 교재를 선택해 이것저것 가르쳐준 결과였다.

그것으로 나는 만화 보는 법을 터득했다.
주로 삼, 사 학년들 틈에 끼어 만화를 보면서
나머지 글자들은 저절로 깨우쳤다.
십 원짜리 동전 하나만 생기면 몇 시간이고 어두컴컴한
만화 가게에 틀어박혀 있었다.

그때 처음으로 엄희자를 발견했고 김세종을 알았다.
특히 엄희자 만화의 그 매력적인 발레리나들은 나를
매료했다.
그 당시 나의 꿈은 엄마 없는 아름다운 소녀 발레리나였다.

만화에의 탐닉은 이 학년이 되어서도 여전했다.
그 시절의 만화는 언세나 언작이었나.

천사
엄희자
네 자매
푸른 지대
엄 희자
엄희자
엄희자

일주일쯤의 간격으로 이 편 삼 편 사 편이 나오고,
인기가 있다 싶으면 제 이 부 일 편으로 끝없이
이어졌다.

나는 언제나 누구의 무슨 만화 몇 편이
오늘쯤 나올 텐데 하는 생각으로 머릿속이 복잡했다.

만화 가게에서 자주 부딪치던 은자가 찐빵집 딸임을
알고 놀라기도 했고, 열두 살이나 된 아이가 여태껏
삼 학년이라는 데 두 번씩 놀란 것도 그 무렵이었다.

한동네 아이를 몰라볼 만큼 나는 만화 이외의 것에는
관심을 두고 있지 않았던 것이다.

하지만 은자하고 단짝이 되어 놀기 시작한 것은

그러고도 얼마쯤 지난 후였다.

완연한 봄기운에 모두들 겉옷을 벗어던지던

삼월 중순쯤의 어느 날이었다.

나는 식구들과 함께 저녁밥을 먹고 있었다.

그 무렵 어머니는 혼자 고생하는 큰오빠를 위해 대청에

방을 들여서 어른 하숙생을 두고 있었다.

늦게 들어오던 하숙생 아저씨 하나가 밖에 친구가

와 있다고 일러주었다.

나는 오빠들에게 뺏기지 않으려고 내 밥그릇 위에 얹어둔

고등어 토막을 못미더워하며 젓가락을 든 채로 대문 밖에

나가보았다.

어둠 속에 서 있는 아이는 은자였다. 뜻밖이었다.
그때까진 가끔 얼굴이 마주치면 씩 웃고 마는
사이였으니까.

그 애가 소곤거렸다. 나 돈이 생겼어. 만화 보러 가자.
그 애의 몸에선 찐빵 냄새가 풍겨왔다.
입에서도 만두 속의 돼지고기 냄새가 났다.
만화라면 사양할 내가 아니었다. 나는 잠자코 그 애의
뒤를 따랐다.

철길을 건너 주욱 올라가면 새로 생긴 만화 가게가
하나 있었다. 우리는 텅 비어 있는 만화 가게에 들어가서
보고 싶은 만큼 책을 골라 오른편에 높이 쌓아두었다.
젓가락은 주머니에 찔러 넣고서.

얼마나 시간이 흘렀을까.

오른편 쪽 만화가 거지반 왼쪽으로 옮겨 갔고
지폐를 내보이며 은자는 또 만화를 골랐다.
그때 하품을 삼키던 주인 남자가 말했다.

"얘들아, 내일 와서 보렴. 이제 곧 사이렌이
불 텐데……."

나는 정신이 번쩍 들었다. 열두시 십분 전이었다.
주머니 속에서 젓가락 한 짝이 요란한 소리를 내며
떨어졌다. 밥그릇에 얹어놓고 나온 고등어 토막이
생각났고 어머니의 화난 얼굴이 떠올랐다.

아버지 없는 자식이라는 손가락질을 제일 겁내하는
어머니는 엄할 땐 담임 선생님보다 무서웠다.
내 얼굴은 하얗게 질려갔다. 열두시 십분 전은커녕,
밤 아홉시까지라도 거리에 있어본 적이 없었던 때였다.

바들바들 떨며 거리로 나와 보니 세상은 이미
암흑이었다. 저 멀리 철길이 보이고 백열등을 환히 밝힌
건널목 망대 옆에 어머니가 서 있었다.

나는 숨을 헉 들이마셨다. 피가 맺히도록 맞아야 할
종아리보다는 어머니의 화난 얼굴이 더 무서웠다.
둘째 오빠는 손으로 나팔을 만들어 내 이름을 불러대고
있었다.

그제야 나는 은자가 생각났다. 그 애는 아무 일도

없다는 듯 콧노래까지 흥얼거리며 내 곁에 있었다.

그 애네 집도 진작 어둠에 싸여버렸지만

아무도 그 애를 찾아 나서지는 않았다.

그 애 또한 얼마든지 태평스런 얼굴이었다.

이만큼 늦은 밤에 귀가해도 걱정하지 않는 아이,

종아리를 맞거나 꾸지람을 들을 필요가 없는 아이,

나는 은자가 정녕코 위대하게 보였다.

그 애는 열두 살짜리 거인이었다.

이윽고 통금을 알리는 사이렌이 울렸다.

사이렌 소리에 놀란 나는 울음을 터뜨리며 어머니에게

뛰어갔다.

어머니에게 끌려가면서 문득 뒤돌아보니
은자는 그때까지도 그림자처럼 우두커니 서서
돌아가는 나를 지켜보고 있었다.

어둠 속에 홀로 남아 내 뒤를 지켜주던 은자의 모습은
나를 압도했고 그날부터 나는 맹목적으로 그 애의
추종자가 되었다.

은자는 노래를 썩 잘 불렀다. 삼거리 큰길에서
몇 발자국만 들어오면 버려진 채인 넓은 공터의 풀밭이
있었다.
한때는 역의 저탄 인부들이 몇씩 짝을 지어 잠도 자곤
했다는 누추한 움막도 풀밭의 끝에 방치되어 있었다.

이제 막 푸릇푸릇 살아나기 시작한 풀밭에 앉아 은자는
노래를 부르곤 했다.
거기라면 앞은 자동차가 다니는 큰길이었고 옆으로는
철길, 뒤는 넓디넓은 역 구내여서 그 애의 노래를 훔쳐
들을 만한 사람은 없었다.

그곳에는 백 년도 넘었다는 커다란 버드나무가 한 그루
있었는데 우리는 곧잘 나무둥치 뒤에 작은 몸을 숨기고
음악회를 열었다.

그 애의 꿈은 가수였다.
겨우내 입었던 보푸라기투성이의 남색 스웨터에 제 언니가
물려준 여학교 교복 바지를 입은 은자의 키는 유달리
커 보였다. 청중은 하나였지만 노래는 심각했다.

그대 나를 버어리고 어느 님에에 품에 갔나. 가슴에 상처어 잊을 길 없네, 그대여어, 이 밤도 나는 목메어 우네…….

어디서 보았는지 눈은 살풋 내리깔고 두 손을 가슴에 묻었다, 뺨에 대었다 하는 품이 영락없이 진짜 가수 같았다.

"가수가 되려면 말이야, 날마다 목청을 닦아야 된다고. 라디오에 나오는 노래라면 난 뭐든지 부를 수 있단다. 가수가 되어 돈을 벌면 최고로 예쁜 옷만 골라입을 거야. 눈썹도 이렇게 그릴 거고……."

눈썹 그리는 흉내를 낸다고 팔을 쳐들면 터진 겨드랑이 틈새로 땟국물 흐르는 내복이 보였다.

“어떻게 하면 빨리 가수가 될 수 있지?”

나는 어서 빨리 은자가 가수가 되어 엄희자 만화에 나오는 발레리나처럼 멋진 옷을 입고 있는 모습이 보고 싶어 침을 꿀꺽 삼켰다.
그대여, 이 밤도 나는 목메어 우네를 부르는 은자의 음성은 너무나 슬프고 가슴 아팠으므로 그 애가 가수가 되는 일은 시간 문제라는 생각이었다.

“빽이 있어야지. 빽만 잘 잡으면 난 내일이라도 가수가 되어 라디오에 나갈 거야.”

그 애가 어찌나 강렬한 발음으로 '빽'이라고 말했던지, 지금도 나는 그 목소리를 기억할 수 있다.

그 당시 우리들이 즐겨 쓰는 말 중의 하나가 '빽'이었다. 빽이 있는 사람이라면 역시 나는 하숙생 주 씨를 떠올리지 않을 수 없다.

그는 화물을 운송하는 통운의 창고지기였는데, 지난해에 장마로 몇 뙈기 안 되는 논밭이 모두 자갈밭이 되어 홧김에 도시로 나와 창고지기로 월급을 받고 있는 사람이었다.

그는 밤낮을 이틀 교대로 창고를 지켰는데, 그가 지키는 물건이 무어냐고 물으면 어마어마한 것이라고만 시침을 뗐다.

백두산
2등
2 등
별 표
동아
동아제분주식회사
근 제
22KGS
백두
2등

장마로 인한 흉년이 극심해 해동하기 전부터 그해는
유난히 쌀값이 비쌌다.

그렇다고 밀가루가 흔한 것도 아니어서
긴긴 보릿고개에 굶는 이도 많은 때였다.
우리 집도 역시 점심은 으레 수제비나 칼국수였는데,
시장에서도 밀가루가 귀해 돈을 주고도 쉽게 구할 수
없을 때 주 씨는 슬그머니 밀가루를 몇 포대씩 사 들고
왔다. 그것도 가게의 반값 정도에.

어머니는 신신 봄날의 허기증을 메우기 위해 쑥을 넣은
밀가루 떡 같은 것을 곧잘 만들었는데
주 씨에겐 특별히 몇 개 더 선심을 썼고,
생선국이면 가운데 토막은 그에게 주었다.

밀가루라면 얼마든지 척척 사다줄 수 있는 주 씨 같은 이를 하숙생으로 둔 것에 어머니는 대단히 만족해했다.

어떻게 해서 밀가루를 사올 수 있는지를 내가 물으면 어머니는 비밀이나 되는 것처럼 소곤거렸다.

"저 양반은 저래 봬도 빽줄이 세단다."

주 씨가 밤낮으로 지키고 있는 물건이 밀가루나 설탕 같은 것이라곤 상상도 안 해봤던 나는 창고를 지키는 사람 정도는 되어야 비로소 빽을 잡는 거라고 믿게 되었다.

"주 씨 아저씨처럼?"

주 씨 아저씨처럼 빽이 있으면 가수가 될 수도 있느냐는 나의 물음이었다. 은자네 집 역시 주 씨 덕에 계속해서 찐빵이나 만두를 만들 수 있었기 때문에 그 애 아버지 또한 주 씨 앞에선 언제나 허리를 굽실거렸다.

은자는 콧등을 잔뜩 찡그리며 나를 경멸에 찬 시선으로 내려다보았다.

"이 바보야, 뒷구멍으로 밀가루나 훔쳐 파는 창고지기 따위가 무슨 빽이 있니?"

그 애는 뭐든 다 어른처럼 알고 있었다.
나는 그 애의 말이라면 무엇이든 다 믿었다.

뒷구멍으로 밀가루를 빼오는 정도의 빽으론 가수를
만들어줄 수 없다는 사실을 알게 된 나는 적잖이
실망했다.
그러나 은자는 조금도 절망하지 않고 날마다 나를
앉혀놓고 노래 연습을 했다.

비가 오는 날이거나, 버드나무 아래를 노인들이 먼저
차지해버리거나 하면 노래 연습 장소는 은자네 집 옆의
망대로 옮겨졌다. 그것은 흡사 성냥갑처럼 네모나게
생긴 작은 집이었다.

건널목을 지키는 간수가 들어앉고 나면 우리 같은
꼬마들이나 서넛 앉을 만한 걸상이 하나 있을 뿐
아무것도 없었다.

우리는 그 집을 망대라고 불렀는데 대개는 아무도 없이 텅 비어 있기 마련이었다. 지난해 가을에 있었던 충돌 사고로 늙은 간수가 다리를 다쳐 그만둔 뒤 임시로 건널목을 지키고 있는 간수는 아주 젊었다.

이제 스무살이 넘었을까 말까 한 간수는 노상 은자네 찐빵집에 붙어살았다. 꽉 닫힌 유리문 안에 있으면서도 기차 오는 시각은 어찌나 잘 아는지, 멀리 기적이 울렸다 하면 그는 번개같이 뛰어나와 차단기를 내렸다.

그가 뛰어나온 찐빵집 유리 문짝엔 볼이 사과처럼 붉은 은자네 언니가 매달려 생글생글 웃고 있었다.

“저 치는 우리 언니를 짝사랑한단다.”

은자는 자랑스럽게 알려주곤 했는데, 내가 보기엔 그 애 언니도 간수를 좋아하는 것 같았다. 그래서 행여 그렇다고 넌지시 말이라도 할라치면 은자는 펄쩍 뛰었다.

"우리 언니는 중앙동에 있는 다방에 레지가 될 거야. 아버지가 다 말해두었다구. 이제 여름이 되면 머리를 이렇게 파마하고서 레지 하러 간다. 레지가 뭔 줄 알아?"

나는 고개를 흔들었다.

"레지는 다방에서 커피를 날라주는 여자야. 예뻐야 레지가 된단다. 예쁘지 않으면 절대 안 돼. 우리 언니는 예쁘니까 돈도 많이 준댔어."

은자 언니는 사실로 예뻤다. 사과처럼 붉은 뺨도 그렇고, 쑥 뻗은 다리도 노상 맨다리로 내놓고 다닐 만큼 살결도 고왔다.
은자 언니가 다방에 취직이 되면 은자는 내게 다방을 구경시켜주겠다고 약속을 했다.

나는 다방이란 곳이 무얼 하는 장소인지 도무지 알 수가 없었으므로 하루 속히 다방 구경을 갈 수 있도록 여름을 기다렸다.

하지만 여름은 우리 집 식구한테는 결코 반가운 계절이 못 되었다. 이사 오자마자 겪은 지난 장마 때도 그랬지만 그해 여름 역시 일찍부터 시작된 장마 때문에 어머니는 걱정이 태산 같았다.

그것은 북쪽 대문 앞에 흐르는 폭이 꽤 넓은 하천
때문이었다.

남으로 앉은 집은 등허리 쪽에 막상 대문이 하나 더 달려
있었다.
마당 끝의 서쪽 대문은 출입을 위한 쪽문인 셈이고
북쪽으로 난 대문이 진짜 정문이었다.
그렇지만 그 대문은 애당초 쓸모가 없었다.

문 앞은 서너 행보를 떼어놓을 만큼의 좁은 둑길을
남겨놓고는 이내 하천이었다.
다리 또한 철교를 통하거나 더 아래쪽으로 내려가야
했기 때문에 그 대문을 사용하는 일은 극히 드물었다.

장마는 초반서부터 거세었다. 하루는 땡볕이 들고
또 하루는 폭우가 쏟아졌다. 은자와 나는 학교가 파하면
이내 망대 속에 틀어박혀 만화책이나 보았다.

은자의 머리칼이나 옷에서는 언제라도 찐빵 냄새가
퀴퀴하게 풍겼지만 추적추적한 비 때문에 그즈음에는
참을 수 없을 만큼 역겨웠다.
그러나 나는 싫은 내색을 하지는 않았다.

그 애는 곧 발레리나보다 멋진 가수가 될 것이었고,
이 비만 그치면 나에게 다방 구경도 시켜주기로 다짐이
되어 있는 터였다.
그 애를 화나게 만들 생각은 조금치도 없었다.

젊은 간수는 우비를 뒤집어쓰고 차단기를 내렸는데
은자 언니는 이미 파마까지 곱실곱실 해놓아서 얼마든지
다방에 나갈 만큼 예뻤다.

하루건너 쏟아지던 비가 쉴 새 없이 퍼붓기 시작한
것은 그해 유월이 다 갈 무렵이었을 것이다.
금방이라도 둑을 넘어 밀쳐 들어오고야 말 것처럼 하천의
물이 범람하자, 오빠들과 하숙생들은 모래 가마니를
만들어 북쪽 대문에 차곡차곡 쟁여놓았다.
물이 넘치는 날이면 걷잡을 수 없이 되고야 말 것이었다.

나는 놀러 나갈 생각도 못하고 어머니와 함께 골목 끝에
나가 무서운 기세로 흐르는 물을 지켜보았다.

둑 옆에 집을 둔 다른 이웃들도 구멍 뚫린 하늘을 원망하며
수시로 물이 넘치지 않나 살피러 나왔다.

신문을 밥보다 좋아한다고 해서 신문쟁이로 불리는
하숙생 최 씨 말에 의하면 이미 전국 곳곳에서
물난리가 나 야단이라고 했다.

어머니는 밥을 푸다가도 뛰어나와 물의 높이를 살피곤
했다. 하지만 물은 곧 넘칠 듯하면서도 워낙 빠르게
흘러갔기 때문에 넘치지는 않았다.

하룻밤을 자고 일어나봐도 흙탕물은 여전히 발밑에서
찰랑거렸고, 또 하룻밤을 자고 일어나도 그만큼이었다.
눈에 띄게 빗줄기가 약해진 까닭이었다.

어머니는 말했다.

“하나님이 다 알아서 보살펴주시는 덕이야.
홍수도 가뭄도 모두 하나님 뜻이지.”

그러다 어느 하루 무섭게 비가 쏟아졌고,
은자와 함께 물 구경을 나와보니 흙탕물 속에 온갖 것이
다 떠내려왔다.

사람들이 우르르 몰려들어 기다란 장대로 새것인 장화며,
쓸 만한 소쿠리나 닐빤지를 건져냈다.
은자는 잽싸게 자루 달린 물컵을 하나 건져 올리고선
좋아 어쩔 줄 몰라 했다. 빨간색 컵은 겉에 예쁜 강아지가
그려져 있는 새것이었다.

그때 사람들이 우와 함성을 터뜨렸다.
철교 밑을 보니 오동통하게 살이 찐 돼지 한 마리가
떠내려오지 않으려고 안간힘을 쓰며 발버둥을 치고
있었다.
어른들이 하천 양쪽에서 장대를 뻗쳐 떠내려오는
돼지를 일단 제자리에 멈추게 했다.

몰려서 있던 사람들이 발을 구르며 소리를 쳤고
돼지 또한 지지 않으려고 꽥꽥 비명을 질렀다.
그때 누군가 소리쳤다.

"이봐, 돌멩이로 쳐서 죽여! 산 채로는 못 끌어올린다고."

어른들이 돼지 머리를 향해 돌을 던지기 시작했다.

거센 물결 때문에 돼지는 이리저리 흔들렸고,

흔들거리면서도 멈추지 않는 발버둥질 때문에 장대로

가로막고 있던 어른들이 힘들어 죽겠다는 시늉을 했다.

그 순간 어디선가 날아온 돌덩어리가 정통으로 돼지의

머리를 맞히었다. 이윽고 또 하나의 돌덩이가 돼지의

안면을 강타하면서 이내 핏물이 번져갔다.

죽었다! 야! 죽었어. 이제 끌어올려!

사람들이 발을 굴렀다. 어른들이 몰려들어 꿈틀거리는

돼지를 가장자리로 몰아붙였다.

물살의 힘 때문에 그 일은 상당히 오래 걸렸다.

은자도 사람들 틈에 끼어 열심히 돌을 던졌으나
나는 차마 그렇게 할 수가 없었다. 나는 돼지의 그 작은
눈을 보았던 것이다. 돼지는 울고 있었다. 울면 안 돼.

나는 어머니가 내게 했던 것처럼 나지막하게 부르짖었을
뿐이었다.

돼지는 죽었다. 사람들이 던진 돌에 맞아서.
그러나 사람들은 돼지고기를 먹을 수가 없었다.

간신히 둑에까지 밀어내는 데 성공했으나,
어디선가 갑자기 솟구쳐 올라 물살을 휘몰고 온 커다란
양은 함지박에 부딪쳐 돼지는 어른들이 만든 장대
그물에서 벗어났다.

그리곤 이내 흙탕물 속으로 가라앉아버렸으나 얼마 후 둥싯둥싯 검은 털을 간간이 보여주면서 아래로 흘러갔다.

“저 돼지는 이제 바다로 갈 거야.”

은자가 아쉽다는 듯 말했다. 그해 여름, 장마 때문에 맞아 죽은 돼지는 바다로 떠난 것이다.
나는 흙탕물을 바라보며 한동안 바다로 간 돼지를 생각했다.

어쨌든 장마는 무사히 넘긴 셈이었다. 하지만 다른 곳은 그렇지 않은 모양이었다. 최 씨 아저씨가 신문에서 읽은 바에 따르면 거제도인지 어느 섬에서인지 산사태가 나 백여 명이나 되는 사람들이 죽었다고 했다.

“세상에 백 명씩이나 생매장을 당하다니……. 전쟁 속에서도 용케 살아남은 사람들인데, 쯧쯧쯧…….”

어머니는 혀를 차며 놀라워했다. 전쟁 속에서도 용케 살아남은 사람들이란 말은 어머니의 입버릇이었다.

고향에서 가장 최악의 공포까지 경험하며 끝내 견디어온 전쟁이었다.
개나 돼지처럼 많은 사람들이 죽어갔는데 목숨을 건질 수 있었다는 게 도무지 믿어지지 않는다고 했다.

더욱 믿을 수 없는 것은, 그렇게 부지해온 목숨을 허망하게 잃어버린 아버지의 죽음이었다.

전쟁이 끝나고 도시로 나와 몇 년간을 힘겹게 일해 겨우

자리를 잡아가는 중에, 그 많은 자식들을 남기고

아버지는 세상을 떴다.

그것은 내가 네 살 때의 일이었다. 오빠들 말에 의하면

아버지의 임종을 지키는 자리에서 나는 막대기에

끼워진 사탕을 빨아먹고 있었다고 했다.

장마가 끝나자마자 불볕더위가 달려들었다.

큰오빠의 월급날이면 줄에 매달린 수박이 우물 속에

담가지고 오빠들은 집에 오기가 무섭게 내게 등목을

해달라고 말했다.

두레박 하나 가득 담긴 물을 쫙 끼얹으면 오스스 돋는

오빠 등의 소름들.

우물 옆에 심어진 앵두나무 잎사귀 사이에는 모기가
숨어 있었고, 모기장 밖으로 하늘을 쳐다보면 곧잘
은하수도 흘렀다.

어머니는 식구들이 모이기를 기다려 잘 익은 수박을
갈랐다. 마루에 걸터앉아 푸아푸아 씨를 뱉어내면,
마당 귀퉁이에 엎디어 있던 메리거나 복구인 강아지가
쪼르르 달려와 씨를 핥아보았다.

공터 옆에 방치되어 있던 더러운 움막에서 시체가
발견된 것은 그 무렵이었다.
여름 방학도 며칠 남지 않은 무더운 여름날 터진
살인 사건은 한동안 온 도시의 화젯거리가 되었다.

은자 언니가 다방에 취직이 되어 나간 것도 그 무렵이었고
은자가 새로 사 입은 원피스를 입고 뽐내던 것도 그때였다.

 은자 아버지가 술이 취해 나간 뒤 이틀 동안이나
돌아오지 않는다는 말을 은자한테 듣던 날,
한 떼의 사람들이 지켜보는 가운데 경찰들이 몰려와
움막의 흙벽 속에서 은자 아버지를 꺼내 놓았다.

어머니는 끔찍해서 구경을 가지 않았지만,
오빠들은 그 모습을 하나도 빼놓지 않고 지켜보았다.
나는 어머니의 치맛자락에 매달려 먼빛으로 그들을
보았다.
늙은 고양이 같던 은자 어머니가 팔짝팔짝 뛰는 것도
보았다.

은자는 보이지 않았다. 조금 전까지만 해도 우리는
그 움막이 바라보이는 공터 풀밭에 앉아 작은 음악회를
열고 있었다.

그 애는 새로 사 입은 원피스 자락을 추켜올리며
간드러진 목소리로 「노란 셔츠의 사나이」를 불렀다.

그 애가 시키는 대로 앵콜을 부르고 박수를 치면,
은자는 살짝 고개를 숙였다가 이내 아주 슬픈 얼굴로
「검은 상처의 블루스」를 불렀다.

그대 나를 버리고 어느 님의 품에 갔나…….

「검은 상처의 블루스」는 언제나 나를 감동시켰다.

은자의 목소리는 그 노래 때문에 생겨난 것이라고
믿어질 정도였다.

작은 음악회를 마치고 나는 집으로 돌아와 식구들과
함께 점심으로 수제비를 먹고 있던 참이었다.
은자는 아버지의 죽음을 알고나 있는 것인지…….

나는 공포로 인해 숨이 막힐 것 같으면서도, 그 애마저
이 순간 어디선가 막대기 사탕을 빨아먹고 있어서는
안 된다는 생각을 하고 있었다.

경찰들이 공터 풀밭을 중심으로 해서 그 주변을 몇 날
동안 수색을 하는 사이 나는 여름 방학을 맞게 되었다.

흙탕물로 더럽혀진 채인 은자네 찐빵 가게는 문을 닫았다. 은자 언니는 몰라보도록 예뻐진 모습으로 가끔 집에 들렀고, 은자 어머니는 붉게 충혈된 눈으로 부엌 쪽문 앞에 나앉아 지나가는 사람들마다에 퉤퉤 침을 뱉었다.

은자는 별반 달라진 게 없는 것처럼 보였다. 집에 들어가기를 싫어하는 게 조금 더 심해졌을 뿐, 아버지 이야기는 꺼내지 않았다. 내가 조심스레 그날 어디에 갔었느냐고 물었을 때 그 애는 히죽이 웃기까지 했다.

"라디오 방송국에 갔었어. 서울에서 가수들이 많이 내려왔다구. 공개방송을 했단 말이야."

은자로서는 아버지가 죽었다는 사실보다 가수들을 많이 만나본 것이 더 중요하다는 것을 나는 이해할 수 있었다.
누구든 나처럼 그 애의 노래를 수백 번씩 들어볼 수 있었다면 아마도 이해할 수 있으리라.

은자에겐 노래 이상으로 소중한 것은 없었다. 그 애가 나를 친구로 만든 것도 따지고 보면 노래 때문이었다.
그 애는 청중이 필요했던 것이다.

그러기로는 이사 온 지 얼마 되지 않은 내가 필요했다.
다른 아이들은 그 애가 도둑년이란 사실을 들어 벌레 보듯이 피해 다녔으니까.

여름이어서도 그랬지만 우리는 좁아터진
망대 안에서는 더 이상 놀지 않았다.
대신 갈 곳을 잃은 젊은 간수가 망대를 지키고 앉아
수척한 얼굴로 철길 위만 멍하니 내다보고 있었다.

공터 풀밭 역시 우리들이 찾아가 음악회를 열 장소가
아니었다.
그곳은 이미 시체의 냄새로 죽어버린 땅이었다.

살인 사건 때문에 나는 다방을 구경할 수 없게 되었다.
은자 언니는 여전히 다방에 다니고 있었지만
나는 은자에게 약속을 상기시키는 일 따위는 하지
않았다.

아버지의 죽음 앞에서 사탕을 먹고 있던 나보다,
가수 구경을 가는 것이 더 나쁘다는 생각이 조금씩
들었기 때문이었다.

흙벽 속에 발라져 있던 은자 아버지는 돌팔매질에
맞아 죽어 바다로 간 돼지보다 더욱 참혹했다.
그가 비듬을 섞어 찐빵을 만들었던 것도, 어느 날인가
내게 꿀밤을 한 대 준 것도 나는 다 용서하기로 했다.
그를 용서한 것이라면 다방 구경도 가서는 안 되었다.

용서와 구경 사이에 무슨 관계가 있는 것인지는
국민학교 이 학년으로선 더 이상 알아낼 수 없었다.
다만 나는 죽은 사람이 꿈속에서라도 나타나 나를
괴롭힐까봐 미리미리 그를 다 용서해주었다.

정말이지 그 무렵엔 꿈도 많았다.
그것도 모두 악몽이었다. 높은 산꼭대기에서 구름에 밀려
툭 떨어지기도 하고, 학교 변소에서 보았다는 달걀귀신이
꿈속에 나타나 붉은 종이를 흔들기도 했다.

아침에 일어나 꿈 이야기를 하면 어머니는 못된 애와
어울려 다니느라고 마귀가 틈탄 것이라 말했다.
어머니는 내가 주일 학교에 열성이지 않은 것도
모두 마귀 탓이라고 힐난했다.

더 이상 마귀와 어울려 다닌다면 마지막 심판 날,
하늘이 내리는 불과 유황에 휩싸여 지옥으로 떨어지게
될 거라고 무서운 경고도 서슴지 않았다.

지옥으로 떨어지는 나를 구할 수 있는 어떤 힘도
어머니에게는 없다고 했다.

천국으로 가는 사다리는 단 한 사람씩밖에 매달릴 수
없다는 사실과, 어머니의 사다리는 어머니 혼자만의
것임을 알게 된 나는 더더욱 두려웠다.

어머니가 들려주는 지옥의 유황불과 천국의 사다리
때문에라도 나는 밤마다 악몽을 꾸지 않을 수 없었다.

신문쟁이 최 씨는 어머니와는 다른 견해를 갖고 있었다.
내 또래 아이들은 모두 자라기 위해 그런 꿈을 꾼다는
것이었다. 꿈을 꿀 때마다 손가락 한 마디만큼씩
키가 클 것이라고 나를 위로했다.

나는 최 씨 아저씨가 대단히 유식한 사람이라고 믿고
있었기 때문에 그의 말을 믿으려 애썼다.

최 씨는 저녁 밥상에서 종종 그날치의 신문을 읽어주곤
했는데, 그 무렵엔 주로 새 대통령이 선출될 거라는
내용이 많았다.
창고지기 주 씨는 일자무식을 감추기 위해 가장 열심히
그의 이야기를 들었고 제법 질문도 많았다.

"투표를 하겠구만 그랴. 암, 투표를 해야 하구말구."

주 씨의 고개가 끄덕여지면 최 씨는 신바람이 나서
선거법을 설명했다.

최 씨는 모든 것을 신문에서 배웠고, 신문에 나오지
않는 이야기는 절대 믿지 않았다.

그가 제일 존경하는 인물은 미국의 케네디 대통령이었는데
혼자 존경하는 것만으로는 모자라 오빠들이나
주 씨에게도 그를 존경하도록 입에 침이 마르게 칭찬했다.
그 설득력 또한 대단해서 막내 오빠는 학교에서 존경하는
위인을 조사할 때 케네디를 써냈다고 했다.

여름 방학 동안은 거의 은자를 만날 수가 없었다.
어머니의 감시가 심해졌기 때문이었다.
은자를 만나지 않겠다는 약속을 한 까닭에
만화책만큼은 집으로 빌려와 읽어도 좋다는 허락이
떨어졌다.

나는 은자네 집이 궁금해서 만화 가게에 갈 때마다
찐빵집 유리문을 기웃거려보았지만 아무도 만날 수가
없었다. 길가에 앉아 침을 뱉어대던 은자 어머니는
어두운 골방에 누워 있는지 그림자도 보이지 않았다.

나는 웬일인지 은자 어머니마저 죽어버리고야 말 것이라는
느낌을 떨쳐버릴 수가 없었다.
그렇게 길길이 뛰던 것으로 보나, 넋이 나가 침을 퉤퉤
뱉어내던 것으로 보나 내 느낌은 틀림없을 것 같았다.

"오빠, 오빠. 은자네 엄마 죽었다고 그래?"

오빠들이 밖에서 들어오기만 하면 나는 그것부터
물었다.

오빠들은 대답 대신 내 머리통만 쿡쿡 쥐어박았다.

"얘가 갈수록 왜 이 모양이야."

나는 망대 안에 틀어박혀 바깥만 멍하니 내다보고 앉아 있는 젊은 간수에게도 곧잘 은자 소식을 물었다. 그는 조그맣게 부르는 소리에도 깜짝 놀라 벌떡 일어나곤 했다. 그에게 얻어낸 것이라곤 은자 엄마가 아파 누워 있다는 말 한마디뿐이었다.

그렇지만 그 애 엄마는 아주 큰 병이 들었을 거야. 나는 그 애 엄마가 죽게 될 때를 상상해보았다. 이번에야말로 은자는 가수 구경을 가지 않고 엉엉 울면서 슬퍼할 것이었다.

아침저녁으로 제법 선선한 바람이 일렁이면서
나는 이 학년 이 학기를 시작하게 되었다.
개학식 날 발꿈치를 들어올리고 삼 학년 쪽을
살펴보았지만 은자를 보지는 못했다.

그 애를 만난 것은 학교가 파하고 집으로 돌아올 때였다.
그 애는 저만큼에서 나를 기다리고 있다간
나를 보자마자 뛰어와 입을 열었다.

“나, 노래자랑에 나갈 거야. 너도 구경 오지 않겠니?”

나는 어이가 없었다. 내가 기대했던 말은 그런 게
아니었다. 우리 엄마가 아파. 죽을지도 몰라. 어쩌면
좋니.

이런 말이 나오리라고 생각했던 나는 적잖이 실망을
해서 고개를 흔들었다.

"싫어. 그런 구경 따윈 하고 싶지 않아."

내가 그 애의 노래를 듣고 싶지 않다고 말한 것은
그때가 처음이었다. 머쓱해진 은자를 남겨두고 나는
집으로 돌아오고 말았다.
그러나 더욱더 나를 실망시킨 것은 은자 어머니였다.

지난봄에 그랬던 것처럼 속치마만 입고서 빨래를 널고
있던 그녀는 지나가는 이웃 아낙네에게 이렇게 소리치고
있었다.

이거 봐. 그 집에 우리 찐빵 외상값 있는 것 알지?

은자는 아마 노래자랑에 나갔을 것이다. 아니 어쩌면 그만두었는지도 모른다. 그 뒤 은자는 내게 더 이상 노래자랑 이야기를 꺼내지 않았다.

은자라면 노래자랑에서 일등을 했을 터이고
일등을 했다면 나한테 말해주지 않을 리 없었다.

그래서 나는 은자가 노래자랑에 나가지 않은 것은
내 탓이라고 생각했다.
아마 다시는 그 애의 노래를 들을 수 없게 될지도
몰랐다.

공터 풀밭에서 자주 불러주었던 「검은 상처의 블루스」가
생각났지만 나는 꾹꾹 눌러 참았다.
예전과는 모든 사실이 다르다는 느낌 때문이었다.

은자나 은자 엄마처럼 나마저 그 애의 아버지를 잊어서는
안 될 것 같다는 생각이었고, 그래서 은자와 나는
따로따로의 가슴을 품고 어느 날 문득 서먹해졌다.

여름은 들이닥친 것이 그랬던 것처럼 쉽게 물러갔다.
그 여름의 끝에는 추석 명절이 기다리고 있었다.

오빠들은 양말과 운동화가 추석빔의 전부였지만
나는 언제나 예외였다.

촘촘히 주름 잡힌 하늘하늘한 나일론 치마에 주황빛
스웨터, 기다란 흰 양말, 그리고 비닐 가죽으로 만든
구두까지, 머리서부터 발끝까지 새것으로 장만해주었다.
우리들은 새로 얻은 옷이며 새 신을 신고 아침밥을
먹자마자 성묘 길에 올랐다.

큰오빠는 양복에 넥타이도 맸다. 둘째 오빠는 돗자리를
기다랗게 들고, 셋째 오빠는 술병을 들었다.
넷째 오빠가 지짐이며 송편, 산적 따위가 담긴 찬합을
들면 막내 오빠는 사과와 배가 담긴 광주리를 들었다.

나는 가게로 뛰어가 누가사탕을 한 움큼 사서 주머니에
넣고 하나씩 꺼내 쫄깃쫄깃한 맛을 즐기며 오빠들의
뒤를 따랐다.

어머니는 골목 끝까지 나와서 머리에 묶은 리본을 바로 달아주고 치마허리를 잘 올려주고 나선 이렇게 말했다.

“오빠들은 절을 하더라도 너는 절대 아버지 묘 앞에서 절하면 안 돼. 알았지?”

내가 왜냐고 물으면 어머니는 예수님을 믿는 착한 아기니까 그렇게 해야 한다고 했다.
그러면 오빠들은 마귀 새끼냐고 나는 또 물었다.
어머니는 아들들은 원래 조상 앞에서 큰절을 올리도록 되어 있는 거라고 말했다.

어머니는 절대 아버지 산소에 가지 않았다.

술병이며 과일들을 챙겨주고 나면 우리들끼리
큰오빠 지휘 아래 성묘를 가는 것이다. 땅 속에 묻힌 자가
남겨놓은 기다란 가족의 행렬…….

우리는 그 행렬을 끌고 걸어서 도시의 끝에 놓인 공동묘지에
갔다. 사람들이 하얗게 덮여 있는 산은 한 시간쯤 걷고 나면
눈앞에 들어왔다. 그때부턴 논둑길을 따라 조금만
걸으면 되었다. 아버지는 산 중턱에 누워 있었다.

우리들이 논둑길로 접어들면 앞장섰던 큰오빠는 슬쩍
뒤로 물러나 샛길로 해서 산 밑 동네로 갔다.
수숫대들이 껑충껑충 솟아 있는 마을 입구에는 싸리
울타리로 담장을 엮은 낡은 초가들이 보였고, 울타리 앞에
분홍 치마저고리를 입은 예쁜 처녀가 서 있었다.

큰오빠는 처녀와 나란히 서서 우리들 쪽을 쳐다보며
무언가 도란도란 이야기를 나누었고,
우리들이 중턱의 아버지 묘까지 다다라서 돗자리를 펴고
음식들을 나누어 놓기 시작하면 이마의 땀을 닦으면서
뛰어와 가쁜 숨을 몰아쉬었다.

나는 그 동그란 흙더미 속에 아버지가 누워 있다는
것을 얼른 실감할 수 없었다.
오빠들은 아버지 묘 앞에선 유난히 부드럽고 상냥하게
나를 대해주었다.
오빠 다섯이 한꺼번에 주욱 서서 절을 올리고 나면
큰오빠가 말했다.

"자, 너도 아버지께 인사 드려야지."

나는 어머니 말이 떠올라 머뭇거렸다. 그 시절이나 지금이나, 내게 있어 어머니처럼 좋고도 두려운 존재는 없었다. 하지만 그해 추석에 나는 아버지 산소 앞에서 큰절을 했다.

큰오빠는 눈이 조금 빨개지고 둘째 오빠는 웃자란 풀을 뽑아내며 못 본 척했다.

나는 마음속으로 가만히 말해보았다.

아버지, 그날 사탕을 먹고 있었던 것 용서해주세요.

다시는 안 그럴게요.

오빠들이 산소 주위에 술을 뿌리고 고기들을 던지는 동안 나는 사과나 송편을 먹었다. 그리고 뒤돌아보면 저만치 아래 수숫대 사이로 분홍 저고리가 보였다.

나는 괜히 부끄러워 먹던 떡 조각을 치마 뒤에 감추고
오빠들 사이에 숨어버리곤 했다.

추석만 지나면 가을은 미꾸라지 빠져나가듯 재빠르게
꼬리를 감추는 법이었다. 그해 가을은 유난히도 빨랐다.
어찌나 많은 일들이 일어났는지 나는 그 가을 동안
한번도 만화 가게에 틀어박혀 있어보지를 못했다.

선거에서 이긴 새 대통령 이야기로 꽃을 피우던
무렵이었다. 여름에 있었던 끔찍한 살인 사건도 슬몃
잊혀가는 판에, 갑자기 젊은 간수가 망대 안에 앉아
있다가 달려든 경찰들에게 묶여 갔다.
온 동네 사람들이 다 몰려나와 살인범을 바라보며
치를 떨었다.

파리 목숨 해치듯 사람들을 닥치는 대로 죽인 살인마
고재봉이나 꼭 같은 놈이라고 혀를 내둘렀다.
경찰들이 달려들어 수갑을 채울 때 발악하듯이 외치는
소리를 들었다는 누군가의 말에 사람들은 또 한 번
치를 떨었다.

"그 자식은 사람도 아니에요! 자기 딸을 팔아먹었다구요.
돈에 환장해서 자기 딸을 팔아먹었다구요!"

어머니는 말했다.
시집갈 나이에 있는 딸을 다방에 팔아먹은 애비나,
장인 될 사람을 죽인 간수나 모두 지옥의 유황불에
떨어질 것이라고.

우리들은 한동안 고재봉과 젊은 간수에 대한 이야기로 시간을 보냈다. 달걀귀신이 주는 막연한 공포에 비해 살인범에 관한 이야기는 며칠을 계속해도 언제나 새롭게 소름이 돋았다.

내가 알고 있는 사람이, 나와 이야기를 나누던 사람이 살인범이란 사실은 오래도록 내 머리에 남아 악몽으로 되풀이되풀이 살아남았다.

그리고 연달아서 은자가 도망을 간 사건이 일어났다. 집에 있는 쓸 만한 것들을 모두 챙겨 서울로 야반도주한 그 애는 가수가 되어 성공하면 돌아오겠다는 쪽지를 남겼다.

그 애가 불러주던 「검은 상처의 블루스」는 영영 들을 길이
없게 되고 말았다.

그대여…… 이 밤도 나는 목메어 우네.

그 애 또한 어디선가 목메어 울지도 모른다는 생각에
나 또한 목이 메어 몇 날을 침울하게 보내야만 했다.

아마 그 애는 가수로 성공할 것이었다. 나는 믿었다.
그러나 그 믿음이 내 우울을 구원해주지는 못했다.

그 가을엔 나쁜 일만 일어났던 건 아니었다. 홀어머니와
함께 다섯 동생을 부양했던 큰오빠가 결혼을 했던 것이다.

우리는 학교에서 조퇴를 맡아가지고 신바람이 나서

식장으로 달려갔다. 흰 면사포를 쓴 아름다운 신부는

수숫대 사이로 우리를 지켜보던 분홍 저고리의 처녀였다.

새 식구가 하나 들어옴으로 해서 어머니는 방을 비우기

위해 하숙생들을 내보내기로 했다. 대신 오빠들과

같은 방을 쓸 수 있는 또래의 남학생들을 들이기로 결정을

보았다.

창고지기 주 씨는 어차피 창고지기에서 목이 달아나

시골로 내려갈 판이었다.

신문쟁이 최 씨는 묵은 신문철을 싸들고 다른 집으로

떠났다.

신문쟁이 최 씨가 떠나자마자 그가 가장 존경하는 인물이었던 미국의 케네디 대통령이 피살되었다는 이야기가 오빠들이 모인 자리에서 분분히 오가고 있었다.

그 가을을 보내면서도 나는 은자가 돌아오리라는 기대를 버리지 않고 있었다.

낯선 간수가 지키고 있는 망대 안을 들여다보거나, 노인네들이 모여 앉아 해바라기를 하고 있는 공터의 풀밭을 지날 때마다 나는 은자의 노래를 떠올렸다.

그러나 겨울이 가고 봄이 왔을 때도 은자는 돌아오지 않았다. 은자 어머니는 다시 찐빵 가게를 열었다.

그 애가 가수가 되었다고 일러주는 사람은 아무도 없었다.

소식이나마 알고 있는 사람조차 아무도 없었다.

철로변 둑길에 어린 쑥들이 푸지게 솟아나던 봄날,

나는 삼 학년이 되었다.